AF576344

Pétales d'étoiles Assoiffés de soleil

Poèmes

Mamadou Sow Al-Joali

Pétales d'étoiles
Assoiffés de soleil

Poèmes

Du même auteur

CHANTS DE MON FIRMAMENT ; Poèmes,
L'Harmattan 4 juillet 2022, 102 pages

10 VDN, Sicap Amitié 3, Lotissement Cité Police, DAKAR

senharmattan@gmail.com
senlibrairie@gmail.com

ISBN : 978-2-14-033362-0
EAN : 9782140333620

Remerciements

je remercie tous ceux et celles qui ont de près où de loin participé à la publication de ce recueil: ma famille, ma femme **Coumba Ndiaye Oumou Mouaz**, mes amis, mes collègues du lycée Léopold Sédar Senghor et ceux de la cellule mixe d'anglais ainsi que tous mes sympathisants.

Je remercie particulièrement,

ma chère sœur **Mme Sall Aicha Sow**

mon ami de longue date **Muhammad Dioh,** chéri **Aicha Faye Dioh**

mes chers frères **Bilal Sow** et **Dr Diam Ba Abdoussalam**.

Dédicace

Je le dédie à ma mère, **Aminata Ndatté Sow**,

Étoile de mes jours,

Soleil de mes nuits.

Ainsi que le jour suit la nuit
La joie de même suit l'ennui.
Al-Joali

Première partie :
Sonnets, sonnez sans arrêt !

Gloire à Allah

Gloire à Toi ô Allah, Seigneur de l'univers!
Purifie ma plume, raffine aussi mes vers,
Que je Te glorifie de l'aube au crépuscule;
Face à ta puissance, tout n'est que minuscule.

Ô Toi que glorifient tous les cieux et la terre,
De l'ange prosterné au plus infime ver;
Tout Te loue en silence, exaltant sans calculs
Tes bienfaits immenses, avec zèle et scrupule.

Sois loué ô Toi Allah! seul Maître incontesté
Sois béni ô Seigneur, à Toi la royauté
Des cieux et de la terre avec tous leurs mystères.

Je reviens, ô Clément, vers Toi Dieu tutélaire,
Implorant ton pardon, avec sincérité;
Prosterné, je T'implore, ô unique déité!

Messager de la miséricorde
(Pour Assane Savané et Matar Faye)

Allah t'a envoyé comme miséricorde
Pour l'univers entier; certes Allah accorde
Sa grâce à qui Il veut; ainsi Il t'a choisi
En purifiant ton cœur, de clémence rempli.

Tu libéras le monde, en enlevant la corde
Qui pendait à leur cou; tout le monde s'accorde
Sur ta bienfaisance, même tes ennemis;
Ta douceur fut un fleuve aux sources infinies.

Allah t'a élevé, personne n'y peut rien
Nul ne peut éteindre ce grand soleil divin
Ses rayons ont jailli, illuminant le monde,

Chassant les ténèbres de l'ignorance immonde;
Paix pérenne sur toi, ô cœur pétri de bien!
Boussole des âmes, guide des pèlerins.

Sanctuaire de l'âme
(Pour mon frère Ndiaye Mouazzin)

Ô mosquée, sanctuaire de l'âme
Ô fleuve calme où elle rame,
Le croyant y va s'abreuver
De foi et dès fois pour rêver

Des délices du paradis,
Blanchir les péchés et soucis
Dans le bain purgatif des prières;
L'âme sort chargée de lumière,

Le cœur soulagé, pur, s'épanche;
Le corps léger comme une branche,
S'en va, libéré, humant l'air

L'air pur émanant du sanctuaire,
Qui, sur terre, est le meilleur lieu:
C'est la maison sacrée de Dieu.

Hommage à l'enseignant
(À tous les enseignants)

De l'Himalaya j'atteindrai la cime
Pour chanter haut tes mérites en rimes,
Qu'ils retentissent de son plus haut mont!
Qu'ils sonnent pour redorer ton beau nom!

L'enseignant, lance saignant, qui se saigne
Pour l'élève, sa cible qu'il enseigne
Le savoir qui est le meilleur avoir,
Ô enseignant, ô soldat du savoir!

Ô toi fin alchimiste qui transforme,
Par la magie des phrases que tu formes
Le cuivre tout roux en or pur brillant;

Tu mérites un hommage vibrant,
Un devoir de la part de la nation
Dont le succès dépend de ta mission.

L'éducation des enfants
(Pour Mme Khadidiatou Niasse Diongue)

Les enfants sont nés avec des cœurs sains,
L'éducation qu'ils reçoivent maintient
Cette nature saine ou bien l'altère;
Éduquons-les tous bien pour qu'ils prospèrent.

Chers parents, ne fuyez pas, assumez
Assumez vos devoirs et éduquez,
Conseillez, voilà le meilleur repas
Donner à manger seul ne suffit pas.

Éduquer un enfant est un atout
Pour le développement avant tout,
Car l'épanouissement d'une nation

Est lié à une bonne éducation;
Dis quelle éducation tu as reçu
Je te dirai demain qui seras tu.

Tableau apocalyptique
(Pour Dorothee Rodenhäuser)

Mélancolique et ivre est ma plume ce soir
Elle fait grise mine avec des larmes noires
Boitant nonchalamment, elle titube et tombe
Griffonnant gauchement des lettres d'outre-tombe.

Elle dessine un ciel, un ciel de suie nuageux
Plein de chauves-souris écarquillant les yeux
Puis barbouille au-dessous un fleuve dont les eaux
Rougeâtres se jettent sur l'océan plein d'oiseaux

Mais les oiseaux sont morts flottant près des poissons
Qui sont eux aussi morts, noirs comme du charbon.
Pas de signe de vie, sauf des chauves-souris

Criant en se cognant sur les cimes des arbres
Nus tels des mains levées implorant le ciel gris.
Le tableau est sombre mais nos cœurs sont de marbre.

Attendre la mort
(Pour ma tante Mireille Rigodon, à la mémoire de mon oncle Amath Ba)

Vivre c'est attendre la mort
Depuis le début, à l'aurore
Jusqu' au crépuscule, non-stop
Le soleil des âges galope.

Vivre c'est attendre la mort
Arrime ton âme à son port
De peur que ton cœur ne s'échappe
Se perd en mer ou ne dérape.

Vivre c'est prier pour nos morts
Les oublier c'est être en tort
Car ils sont morts pour que ne meurt

À jamais toujours dans nos cœurs
Notre seule raison de vivre
Notre foi dont nous sommes ivres.

Écouter son cœur
(Pour Youssouf Sarr, Bachir Ndiaye, Souleymane Wade, Idy Ndour et Mouhamed Sambou)

Vivre c'est écouter son cœur
S'il bat pour Allah, n'aie pas peur
Suis le, ne te retourne pas
Sois ferme et continue tes pas.

Vivre c'est écouter son cœur
C'est là le secret du bonheur
Peu de gens le savent, hélas!
Ne vas pas ailleurs, il est là !

Vivre c'est écouter le cœur
Des êtres chers, de l'âme sœur
Il bat pour toi, bats toi pour lui.

Aime celui qui t'aime et fuis
Celui qui te nuit, tel l'envieux
Qui se consume à petit feu.

Poursuivre ses rêves
(Pour mes neveux Sidy Bouya Sow et Cheikh Tidiane Ndiaye)

Vivre c'est poursuivre ses rêves
Que seule la foi soit leur sève
Qui les nourrit et les inspire,
Fleuve où ils s'abreuvent, se mirent.

Vivre c'est poursuivre ses rêves
Avec obstination, sans trêve
Jusqu'au dernier souffle, courir
Sauter, voler, y parvenir...

Vivre c'est tamiser ses rêves
Jeter les chimères, qu'ils crèvent!
Là-bas, dans la mer de l'oubli.

Oui vivre c'est vivre sa vie,
Qu'elle est belle! La vie est belle,
Oui mais elle est aussi cruelle.

Soleil de mes nuits
(à ma mère, Aminata Ndatté Sow)

Tu es le soleil de mes nuits
Oui tu fais fondre mes ennuis
Ô toi étoile de mes rêves
Éclaire moi quand je me lève.

Embaume moi de tes lumières
Élève moi haut par tes prières
Porte moi donc loin sur tes ailes
Oui emporte moi dans ton ciel.

Ô que mon souci se consume
De tes feux, mon âme parfume
Purifie moi de mes souillures.

Prie, que m'épargne la torture
De ces vieux démons qui m'assiégent
Qu'Allah me sauve de leurs pièges.

Estivales
(Pour Adama, Assane et Pape Diop)

Là-bas, vers l'horizon incandescent
Poussent deux montagnes de nuages blancs,
Les enfants, tous pieds nus, jouent sur la plage;
Les jeunes gens, sous l'onde riante, nagent;

Tandis que les vieux contemplent émus,
Sous l'ombre des filaos étendus,
Ce beau royaume qui est derrière eux;
Ils se souviennent de leurs jours heureux.

Le ciel gronde et l'horizon s'assombrit;
Un vent frais s'abat aussitôt suivi
De l'odeur forte de terre mouillée;

Comme des papillons éparpillés,
Les gens décampent, surpris par l'averse:
Tout trempés mais contents, ils se dispersent.

Hivernage
(pour Muhammad Dioh)

Les rayons luisants du soleil
Lavent mon visage au réveil
D'un bain lumineux de tendresse,
Ah ! S'évapore ma paresse !

Enfoui dans le feuillage dru,
L'oiseau sur l'arbre me salue
De son chant tendre et mélodieux
Ruisselant dans mon cœur joyeux.

Les pétales des fleurs écloses
Sont étoiles sur le ciel rose
De la rivière scintillante;

La carpe d'eau douce méfiante
Prie sous son toit de nénuphars
Sous l'œil du héron tout blafard.

Carte postale
(Coucher de soleil à Joal)

Le soleil comme un œil qui bouge
Dans un océan de larmes rouges
Jette son tout dernier regard;
Les goélands de mer rentrant tard,

Jettent des cris mélancoliques
Aux pêcheurs debout dans leurs barques
Scandant souriant des chants d'antan,
Sous l'œil clos de l'astre mourant.

Les filaos, séduits, se soulagent
Aux baisers des vents sur la plage,
Bruissant dans l'or terne du soir.

Mon œil navigue dans le noir;
Vers l'est, la nuit déjà s'installe,
Parée de son collier d'étoiles.

Casamance, terre de paix
(Pour mes collègues Abdoul Aziz Coly et Mme Carmine Mendy Ciss)

Les oiseaux au nid jasent
Sur les toits verts des cases
Au ciel les arbres grimpent,
Plus haut... Le temps s'estompe

Devant le mur de pluie
Qui s'érige de nuit
Comme de jour, toujours...
Ici les ruisseaux courent

Là vers le lac qui bout
Et les palmiers debout
Sont reines en parures

Peignant leurs chevelures
Et bruissant tendrement
Aux doux baisers des vents.

Les fruits de la paix

Ne jouons pas avec le feu
Nous le regretterons sous peu
Cultivons tous la paix sincère
La paix froide mène à la guerre.

Cessons la violence qui mène
À tant de souffrances, de haine!
Semons la graine de la paix
Dans nos cœurs devenus mauvais.

Lorsque les bourgeons de soleil
Montrerons leurs têtes vermeilles,
Nous récolterons leurs bons fruits,

Fruits murs des durs labeurs sans bruits,
Partagés autour de la table
De la fraternité durable.

Un sourire de soleil
(Pour Ibrahim Sall)

Souris, ô Aich, petite sœur souris,
Car quand tu souris ton homme, lui, rit,
Souris ô toi étoile d'Ibrahim,
Ton sourire ailé d'or le porte aux cimes.

Ton sourire apporte, comme la pluie,
Le beau temps dissipant tous ses ennuis;
Quand tu souris le soleil de tes dents
Brille comme un éclair réconfortant.

Souris-lui, n'es tu pas son élixir?
Qu'il dorme sous l'ombre de ton sourire,
Qu'il rêve donc de conquérir le monde;

N'as-tu pas conquis son cœur qui, las, tombe
Face aux bombes de tes immenses yeux?
Souris sœur, ainsi nous serons joyeux.

Notre Sanar à part
(Pour Bilal, Abdoul, Abdoussalam, Souleymane et Top)

Dans la chambre de mon frère Bilal,
Le thé écume nos dents matinales;
L'odeur de menthe monte puis embaume
Nos cœurs soulagés par ce sacré baume.

Abdoussalam psalmodie des versets;
Abdoul, accoudé comme un vrai berger,
Sirote, souriant, son élixir;
Souleymane tout pressé de partir,

Réclame sa tasse qu'il boit d'un coup;
Top, le sage, parle d'un ton tout doux.
La voix du muezzin ferme la théière,

L'on se précipite pour la prière.
Dehors, tout le campus grouille de bruits,
Mais les rats des bas-fonds guettent la nuit.

Deuxième partie :
Vers divers

La voie du salut

I

Désormais, je suis la voie solennelle
Celle acquise du meilleur des mortels
Héritée de son aïeul Abraham,
Immaculée, plus pure que ngalam,

La voie salvatrice du Tawhîd pur
La religion de la saine nature
Qui condamne le faux culte des saints;
Oui la voie de Dieu, son plus grand dessein.

II

Tapi sous l'ombre paisible des heures,
J'égrène le nombre de jours qui meurent;
Je vis aux périphéries de la vie
Loin du monde, amer, j'ai perdu l'envie

De poursuivre de futiles plaisirs
Qui à la longue me feront languir
De honte, mais de regret, de tristesse...
De la réflexion jaillit la sagesse.

III

Je vis pour une autre vie, plus prospère,
Éternelle elle est, belle aussi, mais chère!
Celle-ci me hante, et en moi, consume
Toute envie de quête de gloire anthume.

Oui, à la tombe finit toute gloire,
Et aux oubliettes tombent les victoires.
Je vis pour cette autre vie à venir:
Cet ailleurs meilleur, c'est mon avenir.

IV

Au mal, je dois répondre par le bien,
Étant comme étranger parmi les miens,
Mon sourire fera face aux fous rires
Des mesquins moqueurs qui veulent me nuire;

Je ferai face avec l'aide de Dieu
Je ferai face, ferme et impétueux.
Le succès est au bout de l'endurance,
Pas de réussite sans persévérance.

V

La réussite appartient à l'endurant
Aux œuvres sincères, au cœur constant,
Suivant la voie du meilleur des mortels,
Dont l'issue mène à la vie éternelle.

La voie y menant est minée d'embûches
Du démon dont le vœu est qu'on trébuche
Et tombe avec lui au fond de l'enfer
Tel est son dessein, son vœu le plus cher.

L'étoile de mon firmament
(Aux gens de la Sunnah)

L'étoile de mon firmament
Pour moi brille comme un diamant
Elle rend radieux mes jours sombres
Me préservant de tout encombre.

Avant mon ciel était nuageux
Mes rêves aussi poussiéreux
Quand soudain l'azur s'éclaircit
Dissipant vite mes soucis.

Brille ô brille, ma chère étoile!
Que ta lumière se dévoile
Qu'elle perce la nuit des nuages
Que partout elle se propage!

Brille ô brille, ma belle étoile!
Ô que les ténèbres qui voilent
L'horizon de la vérité
Soit dissipées sans vanité.

Terre Sainte
(Pour badiane Astou Diallo Mbour)

Le soleil flamboyant a point
Sur le mont Ouhoud comme un point
Éblouissant les yeux des faux dieux:
Prière exaucée de nos aïeux

Abraham et son fils aîné
Ismaël, le prophète aimé,
Qui ont posé les fondations
De l'antique et sainte maison,

Oui la maison sacrée de Dieu,
Au-dessous des portes des cieux,
Elle brille comme un soleil
Illuminant de ses merveilles

Les croyants qui tournent autour
Scintillant sous leurs beaux atours
Comme des étoiles tournant
Autour d'un grand astre luisant.

Ils ont tous accouru répondre
À l'appel puissant qui fait fondre,
En un seul uni et unique,
Les cœurs les plus antagoniques.

Unis non par leurs origines
Mais par l'unicité divine
Vois les pèlerins exaltant
Le seigneur des êtres vivants.

Ô Seigneur, fais qu'avant ma mort,
Que je puisse répondre fort
À cet appel, même une fois,
Pour fortifier ma faible foi.

Locataire des cimetières (Pour Mme Aissatou Kassé Dieng auteure harmattan)

Cette terre là que tu foules
Sur laquelle tu te défoules,
Cette terre sera ton lit
Elle sera ton toit aussi.

Pense à ce lieu fort solitaire,
Dont tu es futur locataire,
Tu y vivras seul, sans ami,
Sans famille; adieu la patrie!

Dès que tu seras mis sous terre,
Ils te laisseront tous derrière,
Tu perdras tout, même ton nom,
"Prie pour le défunt", dira-t-on.

Oui tu perds tout, toute ta vie
Puis tu tomberas dans l'oubli.
Donc pense à ce lieu solitaire,
Dont tu es futur locataire.

Cette terre là que tu foules
Sur laquelle tu te défoules,
Cette terre sera ton lit
Elle sera ton toit aussi.

Elle sera dès que tu meures,
Une très somptueuse demeure,
Si tu faisais de vertueux actes,
Purs, conformes au divin pacte,

Celui d'adorer Allah seul
Selon le culte de l'aïeul
Abraham le vrai monothéiste
Qui, pour nous, balisa la piste.

Cette terre là que tu foules
Sur laquelle tu te défoules,
Cette terre sera ton lit
Elle sera ton toit aussi.

Elle sera un trou fumant
Pour l'adorateur de Satan
Qui, faible, associe ses faux dieux
Avec Allah, créateur des cieux;

Ceux qui cèdent aux tentations,
Adorateurs de leurs passions,
Ils y seront châtiés sans torts
En attendant leur dernier sort.

Cette terre là que tu foules
Sur laquelle tu te défoules,
Elle est ta future maison,
Orne la de bonnes actions.

Derniers mots d'un mourant
(Pour ma sœur Woury Séga Oumoul Sow, paix à son âme)

Au crépuscule de ma vie
Sur les dunes de la vieillesse
J'attends tristement accroupi
La barque de la mort sans presse

Me transporter vers l'autre rive;
Les glas tintent, d'un son lugubre
Je la vois là-bas qui arrive
L'horizon vermeil est tout sombre.

J'écris mes derniers mots sur terre;
Adorez Dieu seul, le Clément,
Lui est soumis tout l'univers,
Tout meurt sauf Lui seul, le Vivant,

Que les chimères de la vie
Ne vous détournent de ce but
À la mort tout sera parti
Là, tous disent: "si j'avais su".

Adieu, à bientôt, je vous quitte,
Voici notre sinistre barque,
Là, elle accoste, à moi, ah! vite!
Ah! Priez pour moi, ah! J'embarque…

L'habit ne fait pas l'imam
(Pour Dame Yade)

En plein jour, tout de blanc vêtu,
Il ne parle que de vertu;
La nuit, il flirte avec les dames...
Oui, l'habit ne fait pas l'imam.

À son essaim de bons disciples,
Il promet des trésors multiples
Paradis surtout avant tout
À condition de donner tout,

Bijoux, argent, voiture et autres,
"Il donne tout, le bon apôtre
Il ne doit pas craindre la faim,
Qu'il pense au bonheur de la fin";

"Le bon disciple donne tout
Avant tout à son marabout";
Qui passe avant ses chers parents,
Avant même Dieu le plus Grand.

Le gars, sans aucune vergogne,
Prend tout ce que ces pauvres gagnent
N'épargne même pas leurs femmes,
Qu'il prend de même s'il les aime.

Il enferme ainsi leur cerveau
Dans l'enclos noir des faux idéaux,
Avec des espoirs chimériques,
Il fait d'eux de vrais fanatiques.

Au lieu de les guider vers Dieu
Il les mène vers ses aïeux,
Chantant leurs mythes et mérites,
On cite Allah seul, il s'irrite.

Quand même l'aïeul serait pieux
Ne fait pas de lui un vertueux:
La piété ne s'hérite point,
Ce n'est pas de l'huile qu'on oint.

Mieux vaut donc s'oindre de ses sueurs
Dans la pénombre loin des lueurs,
Prie, jeûne, fais de bonnes œuvres,
Au lieu d'avaler des couleuvres.

En ces temps noirs de turbulences,
Il faut redoubler de prudence
Pour éviter d'être surpris
Car la nuit tous les chats sont gris.

L'ouragan

(Pour Cheikh Oubayd Al-Djabiry)

L'ouragan du temps a soufflé sur
Ta bougie: tempête dans nos cœurs;
Soudain la vie devient obscure
Le monde est un trou noir sans lueurs.

Tu n'as vécu que le temps d'une
Bougie, mais tu guidas des âmes
Aux cœurs engloutis dans les dunes
Du désert des passions infâmes.

Dans le musée de la mémoire
De l'humanité, ton portrait
Occupe une place notoire
Ton nom comme un aimant attrait

Les âmes cherchant la quiétude;
Nous scrutons le ciel gris des ans,
Dans l'espoir d'une béatitude,
En attendant notre ouragan.

Le prince des astres
(À tous les musulmans du monde)

Mon soleil trône tel un roi
Tous les autres astres se noient
Dans L'océan du firmament.
Brillant depuis la nuit des temps,

Prince au zénith de sa conquête,
Il est monstre que rien n'arrête,
Flambant, il n'a rien de pareil!
Venez qu'on fête mon soleil,

Au faîte de sa grande gloire;
D'un élan lyrique ce soir
Que m'accompagnent troubadours
De leurs chœurs et chants sans tambours;

Allez venez, ouvrez vos cœurs,
Qu'y poussent des forêts de fleurs,
Qu'y fondent les glaciers de larmes
Sous l'ample chaleur de son charme.

ÉLÉGIE POUR MANÉ CISSOKHO
(Pour Elias et Ndeye, Sagna et ses enfants)

Bien que partie comme un couchant vermeil,
Mané, ton sourire est lui immortel ;
Il luit et sonne en nous comme un réveil
Le soleil des jours de joie il rappelle.

Mané, ton sourire est lui immortel,
Virevoltant autour de notre cœur
Le soleil des jours de joie il rappelle
Choyé, entretenu comme une fleur.

Virevoltant autour de notre cœur,
Ton souvenir sera toujours présent
Choyé, entretenu comme une fleur
Notre amour brille aussi fort qu'un levant.

Ton souvenir sera toujours présent
Tel un immense et éternel soleil
Notre amour brille aussi fort qu'un levant
Bien que partie comme un couchant vermeil.

ÉLÉGIE POUR NÉNÉ SILÉ SALL
(Pour Ibrahim Sall, Aicha Sow et toute la famille Sall)

Qui disait que les morts ne sont pas morts ?
J'aimerais le croire; mais a-t-il tort?
Voilà un mois déjà que ton sourire
S'est éteint, cependant ton souvenir

Sera à jamais gravé tel l'ivoire
Dans les pages d'or de notre mémoire
Ton image nous accompagnera
De nos jours noirs elle sonne le glas.

Mais quelle image gardons-nous de toi ?
Ta chambre était un nid pour les sans-toits
Oui, tu donnais le gîte au voyageur
Le parent était comblé de faveurs.

Ton sourire était le rideau de fleurs
Qui menait à la porte de ton cœur ;
Ton cœur immaculé, fontaine pure
Abreuvant et lessivant les cœurs durs.

Néné Silé Sall Ngaary chère mère,
Mer de merveilles, éternel repère ;
Tisserande des liens rompus tu fus,
Dans un silence sonnant de vertu.

Sall Ngaary Néné Silé la sublime !
Te ressusciter ? Je n'ai que ma plume
À fond trempée dans l'encre de mes pleurs,
Je n'ai que des mots de larmes, de sueurs.

L'étoile de la petite côte
(Pour Docteur Amadou Alima Gueye)

Tends l'aile et vole loin,
Car ton étoile a point;
De ses feux tout luisants,
Éclaire Joal mille ans.

Oui, que ton nom demeure,
Ô toi homme de cœur;
Toi, fils du secouru,
Mansour, le prince élu.

Tel ton regretté père,
Comme ta brave mère,
Tu es un don pour Joal,
Par tes œuvres sociales,

Tu sèmes une graine
Qui poussera sans peine,
Arrosée par nos prières,
Elle sera prospère.

Elle donnera l'arbre
Aux feuilles et fruits d'ambre
Qui te portera haut,
Dominant tes rivaux.

Fin de règne
(Pour Cheikh Ka, ex-roi du célibat land)

L'empire de sa majesté s'écroule,
Sauvant sa peau juste avant qu'il ne coule,
Le commandant a quitté le navire ;
Enfin il a pu éviter le pire
Les torpilles ont donc atteint leur cible.
Cette chute était certes prévisible.

Un riche mendiant
(pour tous les africains)

Assis sur une riche mine d'or
Fainéant, tu tends la main, manges, dors,
Ronronnant alors que le monde avance
Insoucieux du temps, tu chantes et danses...
Quel temps attends-tu pour te réveiller ?
Un grand coup de vent seul peut te secouer
Et sonner la fin de ton insouciance.

Le prince déchu

Grelottant, le vieillard, prince déchu,
Sur les ruines du passé étendu,
Rumine les souvenirs des vieux jours,
Et les fausses promesses de l'amour
Étranglent fort sa gorge d’amertume ;
Dans son œil terne, le regret écume.

Entre terre et ciel
(Pour Nicolas Hulot)

Les machines de la terre fument
Une fumée noire et blanche
Jaune et rouge s'échappe
Elle monte jusqu'au ciel qui s'alarme
L'air pur se consume
Les étoiles s'enrhument
La nue éternue
Jetant des larmes de pierres acides
L'eau jadis douce
Sent le sel des pesticides
Les arbres se dénudent
De leurs feuilles rigides
Les champs jadis humides se rident
La terre aride se vide
De ses agriculteurs qui ont tous peur
La peur monte
Elle colonise les cœurs
Elle envahit toute la terre.
Les habitants de la terre urinent

Dans le lit du fleuve qui se noircit
Ils se soulagent
Sur la plage qui se rétrécit
Les poissons se font rares
Le pécheur part loin de sa demeure
Pour chercher le poisson qui se meurt
On assiste à des heurts entre consommateurs
Le pauvre a faim
Le riche aussi se plaint
De la sécurité qui geint
La peur monte et monte
Elle envahit toute la terre.

Les fusées de la terre attaquent l'univers
Le soleil réplique
Une chaleur intense pique
La terre se réchauffe
Les forêts se calcinent
La pluie se raréfie
Le fleuve s'est tari
La glace fond comme du beurre
L'océan s'écœure et gonfle
La mer écumant de rage se rue sur le rivage
Elle envahit les rues des villes et villages
La terre ridicule recule.

Les étoiles rient et la lune sourit.

La terre devient invivable
L'eau et le pain sont introuvables
Tout le monde s'ennuie
Tout le monde s'enfuit
Les hommes et les animaux
Tous migrent pêle-mêle vers le ciel
Mais le ciel se souvient de la terre
On fait un tri des hommes et des animaux
Partout on crie, l'on prie
Seuls les enfants et les animaux
Passent
Les hommes eux, hélas !
Trépassent.

Une pluie d'embruns tombe
Qu'elle est fine et douce !
La terre s'en désaltère
Ses artères se déterrent
Partout l'eau purgative se répand
Purifiant la terre qui se fend
Des touffes de verdure
Se montrent rayonnantes
La nature revit souriante

Un pont d'arc-en-ciel

Se construit entre terre et ciel

Les enfants redescendent

Sur le dos des animaux

Fêtant leur grand retour

Avec des pétales d'étoiles

On entend les chants d'oiseaux à nouveau.

Une nouvelle ère commence

Celle du changement et de l'abondance.

Ô femme ! Ô trésor !
(Pour toutes les femmes voilées)

Ô femme ! Ô trésor !
Femme noire, femme blanche,
Femme féconde, femme musulmane,
Vêtue de ton voile qui est vertu,
De ta chasteté qui est bonté
De ton silence qui est tant vantée
Je chante ta pudeur qui est beauté.

Belle prend garde des chiens de garde
Qui maraudent et rôdent autour de ta beauté
Comme les phalènes autour de la chandelle
Qu'ils sont nombreux ceux qui veulent te dévier !
Gens veules qui torpillent ton voile
Qu'il chavire dans l'océan des tentations
Voilà leur plus grande mission
Qu'ils sont grandes leurs manigances
Qu'Allah te suffise comme secours
Contre les pièges de ces maudits vautours
Il est certes plus Grand qu'eux.

Femme noire, femme blanche,
Femme féconde, femme musulmane,
Vêtue de ton voile qui est vertu,
De ta chasteté qui est bonté
De ton silence qui est tant vantée
Je chante ta pudeur qui est beauté.

N'écoute pas ô votre majesté
Ceux qui veulent te dépouiller
De tes plus belles richesses
De ta parure naturelle
Ta pudeur, ta chasteté,
Ton voile qui est ton identité
Sous prétexte qu'ils veulent te libérer
Mais de quel tyran ?
Te libérer vers quels univers ?

Si le berger attache son troupeau
N'est-ce pas pour le protéger
contre les prédateurs?
Est-ce par méchanceté ?
Allah a prescrit le voile
Pare-toi de ta parure
Il te protège tel un pare-feu
Contre celui qui dit

"Ton corps t'appartient
Fais-en ce que tu veux,
Amuse-toi tant que tu peux"
Attention, prends garde !
C’est comme l'hyène-garou
Qui chuchote dans l'oreille du veau
"Ton bonheur est loin du troupeau
Il est là-bas derrière les collines
Là-bas il ya des prés verts"
Alors méfiez-vous chères sœurs !

Femme noire, femme blanche,
Femme féconde, femme musulmane,
Vêtue de ton voile qui est vertu,
De ta chasteté qui est bonté
De ton silence qui est solennité
Permettez-moi de chanter
La beauté de ton voile
qui est ta sécurité.

Invasion migratoire
(Chant d'un migrant)

Tenez bon, nous arrivons !
Nous viendront africaniser la France
La coloniser de notre sang noir
L'apprivoiser de nos voix noires
L'envahir de nos masses noires
Alors les Pen auront de la peine
À nous infliger leur peine
Car les veines de leurs cœurs
Seront pleines de notre sang.
Oui nous saliniserons la Seine
De notre sel noir
Nous décorerons les champs Élisées
De nos chants noirs
Oui nous illimuneront la tour Eiffel à notre tour
De notre noirceur d'ébène
nous noirciront l'hémicycle
De notre beauté noir.
L'équipe nationale est déjà acquise
Nous visons maintenant Matignon
Puis Paris prise sera soumise
Chantant la chamade des charognards déplumés

Devant la poitrine bombée de nos héros
Au rire banania.
Et le vent sera à notre faveur
Avec la clameur des jours de fête
Nous célébrerons notre grand retour
Oui après le jour, la nuit
Notre victoire sera éclatant, sans appel
Avec la ferveur des jours de foi
Nous clamerons notre joie
Comme la nuit sur le jour
Nous peuple des ténèbres prendrons notre revenge
Sur le peuple dit de lumière
Qui ont longtemps troué nos tam-tams
Qui ont longtemps écrasé les pétales de nos fleurs
Longtemps étouffé nos bourgeons de soleil
Sur le ciel de l'histoire, leurs histoires
Avec la douleur des jours de deuil
Nous célébrerons nos morts
Ceux qui avant nous ont donné de leur sang
Ont servi de mets aux bêtes des océans
Ont donné leur vie pour notre vie
Leurs corps moussant sur les flots
Au gré des moissons et des courants marins
Leurs corps puant près des plages paisibles
d'Europe.

État des lieux
(Pour mes collègues M. Ibrahima Ngom et M. Djiby Diallo)

La vérité est orpheline
malgré la lumière divine
en vérité elle est muette.

Quand elle parle
elle bégaie et patine
devant l'appât de pot-de-vin.

Mais le plus souvent
elle râle sale dans la cale
des bouches muselées.

La justice aux ordres
roule à deux vitesses
sur des routes à péage.

Mon peuple
mon beau peuple
porte un habit de fête
Issu d'un tissu de mensonges

The orphan truth
(For my colleague Amath Diouf)

The truth is left orphaned
despite the divine light
in truth it is mute.

When it speaks
it stutters and skates
in front of the bribe baits.

But more often
it rattles rotten
in the hold of muzzled mouths.

Justice under orders
runs at two speeds
on toll roads.

My people
my beautiful people
wear a party dress
From a fabric of lies.

in "Sun-thirsty star petals"

Bourgeons de soleil
(Aux prédicateurs du Tawhîd)

Et nos espoirs noyés
dans l'océan des promesses
échouent comme des épaves
sur les rives de nos rêves balafrés
Les coups de perles d'ambre des chapelets
sonnant sans cesse
n'ont pas été assez forts
pour les mener à bon port
Nos pétales d'étoiles assoiffés
attendrons d'autres soleils pour être fécondés.

A l'horizon rayonnant
entrapparaissent souriant
des bourgeons de soleil vermeil
Ils sont l'espoir vivant
de mon peuple fatigué exténué mort
mon peuple né mort
peuple mort-né laminé
mais mon peuple maintenant debout
comme un cocotier fou
seul contre les vents forts du nord.

Bourgeons de soleil d'espoirs
Vous mouillerez de votre lumière
l'intelligence de notre jeunesse sans repères
Bourgeons de soleil d'indépendance
Vous ferez sauter de votre chaleur incandescente
les verrous de la servitude séculaire
au grand bonheur de notre peuple palpitant
d'espérance.
Et les lueurs de notre sueur éclaireront
les sentiers serpentés qui mènent
À la vraie Liberté
Celle de la soumission totale
Au Créateur du grand soleil phénoménal.

Pires que vampires

J'irai arracher
de vos dents ensanglantées
les pétales blancs pétris
dans la boue de vos bouches puantes
vos bouches où bourgeonne le mensonge
où fleuri la haine
où se nourri le mal
tout le mal

J'irai coudre
vos lèvres pendantes
qui dansent à longueur de journée
sous le tam-tam de la jalousie
de la joie moribonde
vos lèvres pendantes et nauséabondes
qui dansent la danse endiablée
des femmes possédées

oui J'irai museler
vos langues de sangsue pointues
qui piquent comme des fourchettes
la chair des êtres chers

que Dieu me donne la force
de remettre au soleil
d'arroser de rosée
les pétales blancs pétillant d'innocence
que vos bouches moussant de sang
ont longtemps et tant froissé

Crépusculaires

A présent le soleil tout bas
se débat
noyé dans un océan de sang
comme lui accoudé
comme à l'accoutumé
sur la colline de ma solitude
tapis sous l'ombre mes décombres
je contemple comme dans un temple
cet autre crépuscule nouveau
similaire aux autres
ou y'a-t-il une différence?
y'a-t-il une similarité différente?
maintenant que le soleil s'est tu
que le vent remue
qu'éternuent les cocotiers
maintenant que la nuit nue se dévoile
que le ciel bourgeonne d'étoiles
que la clameur du jour a levé l'ancre
je me révèle à vous
je me réveille à vous, rebelle !

vous locataires de la nuit
je me laisse bercer par la voix des vents
de mon levant
je me lasse d'être porté par la vague des gens absents

Le silence des flots
(Pour Ibrahima Ndiaye, mon ancien camarade étudiant de l'ugb qui a péri dans le naufrage du bateau Le Joola)

Dors au fond de l'onde bleue
Dans ton cimetière marin
Sur les flancs du bateau-cercueil flottant
Là où ton âme a jeté l'ancre à jamais
Là où gît le fagot de tes os
Dans le silence abyssal des flots
Dors comme un enfant sur le dos de sa mère
Toi que n'atteignent plus les dards du soleil
Toi pour qui ne chante plus le coq matinal
Dors de ton long et profond sommeil
Toi le fils de la verte forêt ancestrale
Aux mille palmiers d'or
Dors ô beau et calme apprenti des mots
Ô toi pur produit de Sanar la Saint-Louisienne
Toi disciple discipliné du fameux art martial
Qui ne t'a pas protégé contre le choc brutal
De ton dernier combat ô combien fatal

Tu partis un matin pluvial
De ta haute Casamance, la terre mère
Pour finir tes examens à Ndar-gueej, terre de mers,
Tu finis par faire l'ultime examen
En haute mer loin de ta chère mère
Ô toi fils de Fatou Dieng
Les vagues s'échouant sur la plage
Nous apportent ton message
Elles nous disent de tes nouvelles
Ton vœu le plus cher, retrouver tes repères,
Retrouver la terre ferme
La terre de tes pères.
En attendant ce grand tournant,
Que te berce ô martyr, la lyre des vagues
Sois bercé ô camarade par le chant de l'onde profonde
Loin du vacarme du monde
Que te parvienne le chant matinal
Du choral de nos perpétuelles prières
Là où tu dors sous l'onde
Du sommeil des justes
Dans le silence des flots.

Ô pays, mon beau peuple !

Mon peuple souffre
Mon peuple gémit
Mon peuple gesticule,
Pourtant il a plein de saints.

Mais Il se plaint tout le temps.
Mon peuple a faim
Mon peuple a soif
Mon peuple a froid.
Mon peuple a mal
Mon peuple est mort
Mon peuple dort
Son sommeil encore plus profond
Que celui du dormeur du val.

Oui mon peuple a mal
Il est sal
Il est malade
Il a mal à la tête
Au dos
Au ventre

Aux pieds
Aux entrailles
Partout
De la tête aux pieds
Mon peuple a mal
Il a vraiment mal
Pourtant mon peuple sourit.

L'insécurité règne
Mon peuple saigne.
Mon peuple nourrit la mer
La mer en a trop pris
Elle en a tellement pris
qu'elle vomit des corps pourris.

Mon peuple palpite
Comme un cœur hors du corps
Mon peuple se pavane dans la savane
De l'insouciance
Comme un coq pour dîner
dans la basse-cour de grand-mère.

Mais mon peuple connaît son remède
Seulement son toubib refuse de prescrire une ordonnance
Et le toubab ne vend pas de médicaments sans ordonnance.

Mon peuple dort toujours
Il dort encore aujourd'hui
Alors que le soleil est au zénith
Alors que le monde se partagent les trésors du monde.
Et demain?

Bribes

Se mirant dans le vallon
Sous la fraîcheur de l'ombre des arbres
Dans la chaleur de son nid
L'oisillon sourit à la vie
Il jase à la fleur qui bourgeonne
Sous le baiser tendre du soleil
****
Mon cœur languit
Dans la sécheresse de l'attente
Les saisons passent et repassent
Une à une
Les nuages aussi sans apporter de pluie
Pas une seule goutte
J'ai pourtant semé ma graine
Depuis la nuit des temps
Elle moisit toujours dans le tiroir
Du désespoir
****
(Mère et bébé)
Étendre mes mains jusqu'à tes mains

Tendres comme de la laine à tondre
Entendre le souffle profond de tes veines
Et tendre ma joue tremblante à la naissance
De ton baiser de brasier qui consume
Toutes mes douleurs anthumes
****
la peau morte de tes mains molles
est miroir de ta vie
de labeur rude.
****
Le goéland ne chante plus au vent
Il geint le long des côtes
Sur le sable marin
Son manteau n'est plus argenté
Il est tout gluant de la noirceur des égouts
Son bec jadis doré
Est sale et puant
Il gémit grelottant de froid
Le long de la plage brillant de sang noir
Comme un soldat blessé
Abandonné et agonisant dans la tranchée
****
Recueillir deux cuillerées de rosée
Cueillir des étoiles du nectar
Laisser refroidir

Le temps d'un quart de soleil
Sous l'ombre des lueurs de la lune
Sucrer avec de l'arôme de miel pur du ciel.
À boire accoudé sur l'aile du vent.
****
Ô souvenirs d'enfance
Votre présence peuple mes solitudes
D'ombres et de lumières
****
Dans la pénombre du soir
lugubrement noir
je suis sans croire
ma voie qui sera sans gloire,
malgré ta chandelle qui fait voir.
j'ai trahi tes espoirs,
pardonne moi mes déboires,
j'ai failli à mon devoir
pourtant tu m'as fait boire
de la source du savoir.
****
Relève la tête haute, Diambaar
Ton nom est courage
Le courage personnifié,
J''emprunterai à Senghor
Son lyrisme d'or

Pour chanter nos vaillants héros.
Le peuple dort
Alors que vous affrontez la mort.
****
Criant à tue-tête au secours
Ils n'auront pour réponse alors
Que l'écho amplifié, toujours,
Des cris répercutés plus forts.
****
J'entends les hurlements du vent qui souffle
Sifflant ainsi la fin prématurée du printemps.
****
Je suis en face de la mer
en rage
Du ressac des vagues
s'abattant sur le pied des falaises
Je reçois volontiers
la pluie d'embruns
Qui ressuscite en moi
un défunt parfum
Cette odeur mon cœur la connaît
****
Mon cœur se souvient
De ce défunt parfum d'entrain
Que ressuscite en moi ton souvenir

****

Les arbres jettent leur ombre
Sur l'ambre du sol feuillagé
Dans la chambre une voix ppelle
elle me rappelle
Celle d'un être perdu

****

La rosée et la brume matinale
Désaltère la terre qui parfume
Toute l'atmosphère
D'odeurs de terre mouillée.

****

Vois le monde s'effondre
Pourtant sur ses décombres
Une fleur pousse
Elle est lueur qui repousse
La nuit du désespoir

****

Ne touche jamais à la drogue
Elle t'enverrait à la morgue,
Ne descend pas dans ce puits noir
Car dedans tout est illusoire.

Table des matières

Structures éditoriales du groupe L'Harmattan

L'Harmattan Italie
Via degli Artisti, 15
10124 Torino
harmattan.italia@gmail.com

L'Harmattan Hongrie
Kossuth l. u. 14-16.
1053 Budapest
harmattan@harmattan.hu

L'Harmattan Sénégal
10 VDN en face Mermoz
BP 45034 Dakar-Fann
senharmattan@gmail.com

L'Harmattan Cameroun
TSINGA/FECAFOOT
BP 11486 Yaoundé
inkoukam@gmail.com

L'Harmattan Burkina Faso
Achille Somé – tengnule@hotmail.fr

L'Harmattan Guinée
Almamya, rue KA 028 OKB Agency
BP 3470 Conakry
harmattanguinee@yahoo.fr

L'Harmattan RDC
185, avenue Nyangwe
Commune de Lingwala – Kinshasa
matangilamusadila@yahoo.fr

L'Harmattan Congo
219, avenue Nelson Mandela
BP 2874 Brazzaville
harmattan.congo@yahoo.fr

L'Harmattan Mali
ACI 2000 - Immeuble Mgr Jean Marie Cisse
Bureau 10
BP 145 Bamako-Mali
mali@harmattan.fr

L'Harmattan Togo
Djidjole – Lomé
Maison Amela
face EPP BATOME
ddamela@aol.com

L'Harmattan Côte d'Ivoire
Résidence Karl – Cité des Arts
Abidjan-Cocody
03 BP 1588 Abidjan
espace_harmattan.ci@hotmail.fr

Nos librairies en France

Librairie internationale
16, rue des Écoles
75005 Paris
librairie.internationale@harmattan.fr
01 40 46 79 11
www.librairieharmattan.com

Librairie des savoirs
21, rue des Écoles
75005 Paris
librairie.sh@harmattan.fr
01 46 34 13 71
www.librairieharmattansh.com

Librairie Le Lucernaire
53, rue Notre-Dame-des-Champs
75006 Paris
librairie@lucernaire.fr
01 42 22 67 13